五方诗丛

萨福的情歌

THE LOVE SONGS OF SAPPHO

〔古希腊〕萨福 著

姜海舟 译

漓江出版社

图书在版编目(CIP)数据

萨福的情歌 /（古希腊）萨福著；姜海舟译. —桂林：漓江出版社，2019.12（2024.8重印）
ISBN 978-7-5407-8741-7

Ⅰ. ①萨⋯ Ⅱ. ①萨⋯ ②姜⋯ Ⅲ. ①诗集-古希腊 Ⅳ. ①I545.22

中国版本图书馆CIP数据核字（2019）第201095号

萨福的情歌
SAFU DE QINGGE

［古希腊］萨福 著
姜海舟 译

出 版 人：刘迪才
策划编辑：陆 源
责任编辑：陆 源
助理编辑：林培秋 孙静静
装帧设计：周伟伟
责任监印：黄菲菲

出版发行：漓江出版社有限公司
社 址：广西桂林市南环路22号
邮 编：541002
发行电话：0773-2583322 010-85893190
传 真：0773-2582200 010-85890870-814
邮购热线：0773-2583322
电子信箱：ljcbs@163.com
网 址：http://www.lijiangbook.com

印 制：天津画中画印刷有限公司
开 本：880 mm × 1230 mm 1/32
印 张：7.25 字 数：130千字
版 次：2019年12月第1版 印 次：2024年8月第2次印刷
书 号：978-7-5407-8741-7 定 价：58.00元

萨福的诗残卷。

保存着几首萨福诗歌的羊皮纸碎片。

此羊皮纸文献可以追溯到公元六七世纪。

保存着萨福两首诗部分的莎草纸碎片。

1927 年出版的萨福卷二。

《萨福与法翁》（*Sappho and Phaon*）

［法］雅克·路易·达维德

（Jacques Louis David，1748—1825）

《萨福与阿乐凯奥斯》（*Sappho and Alcaeus*）

［英］劳伦斯·阿尔玛·塔德玛（Lawrence Alma Tadema，1836—1912）

《萨福的日子》

（*In the Days of Sappho*）

［英］约翰·威廉·格维德

（John William Godward,

1861—1922）

《萨福》（*Sappho*）

［瑞士］欧内斯特·斯特克尔贝格（Ernst Stückelberg，1831—1903）

《萨福》（*Sappho*）

［法］克劳德·拉姆（Claude Rame，1754—1838）

目录

序

萨福（Sappho，约前 630 或者 612 ~ 约前 592 或者 560），是一位创造出了自己特有诗体的抒情诗人，这种诗体被称作“萨福体”。古希腊人十分赞赏她，说男诗人有荷马、女诗人有萨福，柏拉图曾誉之为“第十位缪斯”。她的诗对古罗马抒情诗人卡图卢斯、贺拉斯的创作产生过不小影响，后来在欧洲一直受到推崇。雅典统治者梭伦本人也是位出色的诗人，但有一回听到萨福的诗时，坚持要求学唱，并说：“只要我能学会这一首，那么死也无憾了。”

在萨福还活着的时候，他们就在银币上铸上了她的头像。萨福也是世界古代为数极少的几位女诗人之一。

诗人的诗作大约于公元前 3 世纪首次辑成 9 卷行世，但流传至今的极少，仅有一首 28 行的诗作保存完好。而现今能让我们作为文学作品来欣赏的、近乎完整的诗作仅有 4 首。

萨福诗歌的翻译难度很高。因为很多片段已遗失，所以翻译者需要根据上下文的意思和韵律用古希腊语先进行“补缺”。

怎样去阅读和鉴赏萨福的诗歌呢？作为她作品的译者，

当然也是她作品的读者，趁此机会我想简单说几点：

萨福的诗歌大都伴有里拉琴吟唱，那么一首诗的心灵共振从第一行就开始了。我们的诗可以是哲理的、宗教的、抒情的，或是叙事和知识的，但无论如何首先是艺术的、美学的。这样你读萨福的诗，第一行，甚至第一个字或音节就会抓住你，使你无法拒绝读第二行、第三行，读完，再读下一首。萨福在你内心震荡、回响、共鸣，和你个人融为一体，然后引领你到一个从未抵达的境界，高于过去的你，你会觉得也高于孤立的萨福诗歌本身。作为译者，不可能把握每一位读者，所能做的只有从原诗抽象美学的角度竭尽所能，比如美妙神奇的声音，词句自身的质感，速度的传达，气味、视觉的要求。这些说来已是喋喋不休，但我希望不只是说说而已，在我的萨福译诗中应该可以看出我对此所做的努力。

另外，萨福的诗几乎全部都是残篇，我力求让读者读到她残诗的余音，就像已经读到她诗歌的残缺部分。这里要解释一下注解的自然融入，我的译文没有一个注解，这并不是我轻视知识，而是因为萨福诗的吟诵特征，不允许被打断；还因为古希腊诸神在其诗歌中的特性，当人们初次读到诗歌中任何一位神的名字，他们不用注解就知道是哪一位神。也许有人会反驳，你可以读第二遍；而我想强调的是一见钟情的感觉。

相比其他大家的译本，目前我的译本应该是收入萨福诗歌数量最多的。当然，今后也许还会有新的萨福诗歌的出土和发现，但阅读萨福诗歌的最终目的，应该还是希望萨福和我们的联系多一些，我的翻译目的也是这样，哪怕程度是微不足道的。让我们在阅读她的诗歌时，发现和发掘更多的萨福，从而发现和发掘更多的我们灵魂中的自己。从这个意义上来讲，萨福就是我们自己了。

姜海舟

2019 年 8 月 22 日

湖州潜庄

第一辑

爱的前奏

“话语插上翅膀”

话语插上翅膀

话语只是空气

我开始了

但话语肯定是好听的

我保证

我今天会

优美地

唱这些歌

让你高兴

我真心的伙伴

在我睁开眼睛时

罕遇厄俄斯
黎明女神
在金色的流光中
使我感动

“我的淑女晨曦”

我的淑女晨曦

我昨晚对他说

梦神，奥涅伊洛斯，

漆黑夜之子，

晨光一样最后的徘徊者

把睡眠从我们的眼中拿开——你宽慰之神

告诫我强烈的愿望会引起不安与挣扎

并且让我的行为与众不同：

我不认为自己应该藐视

你所表示的真实。

因为带着有福者的鼓励

我绝不该失去

我所苦苦诉求的。

在我还是一个小孩的时候

我从未如此愚笨

如同我抛弃小玩具时

我可爱的母亲帮我拾起。

所以让有福者，我现在就恳求，

提供给我机会去拥有

我所渴望的：

鉴于我一向

以诗歌和舞蹈敬重他们。

我们叹息

哦　因为爱恋！

并非每个人都想要爱情

年轻的月亮女神阿尔忒弥斯郑重的誓言：
“我会永远是一个处子，
纯洁得像在众山之巅上一样。
上苍看在我的分上也同意。”
神圣不朽的上苍
点头赞成。在奥林匹斯天堂
诸神知道她是射鹿手，
是荒野女神：享有
显赫声名。而那位
她永远无法企及的神是爱情。

我在倾听

春天的泄密者：

这制造美妙旋律的夜莺

那么等着爱神厄洛斯

最可爱的

现世与天堂的幼子

在春天

充满花冠的大地

授予她繁华的锦缎

可是我浪费了我的时光

试图倾注于
一颗固执的心
是徒劳的

"我护着的"

我护着的
伤我最深

又是阿芙洛狄忒，爱与美之女神

我心慌意乱地跑向你

像一个小女孩跑向她的妈妈

是你的甜蜜的麻醉剂

男人哄骗者说：你是爱与美之女神阿芙洛狄忒的女儿

我是说

萨福

你为什么轻视

爱与美之女神阿芙洛狄忒的美妙祝福?

“我该走了——释放了，松开了”

我该走了——释放了，松开了

那么我呼唤爱与美之女神阿芙洛狄忒

你华裹的王位上不死的爱与美之女神阿芙洛狄忒，
主神宙斯的女儿和诡计编织者——
现在我对你说：

我的女王，别伤我的心，别折磨它
只是跟从前一样当你在远方听到及倾听时
就过来，

离开你父亲的房子，
备上金色的战车有你那美丽的
天鹅驾的翅膀，

快马加鞭穿越天空，
把你带到昏暗的现实——
如此唐突地到了那里：

情人，你永恒容貌上的微笑
询问我，是什么又使我烦恼？
什么又使我

呼唤你？我绝望的心缺少什么？
还有你的：“我又应该让谁来顺从你的爱？
那是谁萨福

这对你不公平吗？因为如果她避开
很快她会追赶；如果她拒绝
你的礼物，她应该献出。

还有如果她现在不钟情，很快她应该就会爱你，
无论喜欢与否。”——唉，现在重新回来：
从这残酷的渴求中让我放纵。
做我渴望做的：做自己的
救兵。

过来无论你在哪儿

不管是在塞浦路斯以及帕福斯
还是在帕诺马斯

“我饥饿”

我饥饿

我渴望得消瘦

“痛苦渗出”

痛苦渗出

“你煎熬我”

你煎熬我

她变得容光焕发

穿着吕底亚图案的

闪烁饰袍

相当美丽

向下伸展

到她的脚趾

当我见到她的那一刻

爱

像一阵突如其来的微风

在橡树叶上翻动

让我的心

颤抖

“而他们嘲笑——这不朽的神”

而他们嘲笑——这不朽的神

“你为何如此容易受伤？”

你为何如此容易受伤?

“唱给我们听赞美的词”

唱给我们听赞美的词

颂扬这位有着紫罗兰芳香的乳房的姑娘

我不光是妒忌他

他在我眼里是神，那个男人，
惯于面对你而坐
优雅地让你靠近他自己，倾听
你诉说着的声音

你不可思议的笑声——我敢发誓——
拍击着我的心——我胸掀动——
看着你，我的嗓音突然堵住
说不出话。

我的舌头不听使唤，一朵病弱的火苗
穿过我的肉身；我睁着眼没看见任何东西
我贴耳所听到的一切
只是嗯哼之声

汗水淌下，一阵抖动占有了

我的全身，然后如枯草
一样苍白，此时，我以为自己
快要死了

我怎么了

我真不知道
该干什么
我的心事
分成了两半

这太高了

我并不指望
用我的双臂
去触摸天空

来

我应该安排你休息

在最软的垫子上

是啊，你应该躺在

新换的枕头上

我要

抱你，亲爱的

满怀敬意

群星围绕美丽的月亮
遮起它们自身的闪烁
在月亮用她的银器的光芒
完满地充满大地的时候

可以这样说

我想，看到阳光的姑娘
任何一位
在技巧上，都永远配不上你

你在

忘掉我吗?

坦率地告诉我

是否还有任何男人
在世间的任何地方
你爱他甚于爱我?

“你的眼睛将会说些什么？”

你的眼睛将会说些什么？

第二辑

陈情与观察

因为我们爱你们

所以

你们

哦　美惠三女神格雷斯啊

个个无可挑剔

都有着玫瑰花一样的臂膀！

主神宙斯的

童贞的女儿们

真的

走近我们

我没法写

心，别动！

没有迷惑的歌喷涌，

没有阿多尼斯的赞美诗

从你那里优美地流出，去取悦

众女神：

渴望捣乱者，

感情的独裁

爱与美之女神阿芙洛狄忒，使你发呆；

还有劝诱之女神珀托

来自她的金酒壶

把你的清醒之魂

用神酒淹没

“对于我们来说没那么容易”

对于我们来说没那么容易
用纯粹的美
去与女神们对抗
除了你……

我太容易动感情

昨天，神的儿女们，我猥琐地与你们
在魁伟的月桂树下擦肩而过。
那情景是一剂魔药——我一饮而尽；
一阵突然迸发的幸福占据了我。
与我同行的女子们以为
我忧郁沉默和心不在焉。
时常我听不见她们，
我所听到的一切是我双耳的鼓动声；
我的心灵，我可怜的心，已经逃走。
这样看来这些都是我命中注定的。
我已打定主意，温柔的尤物，
去看你们，不过你们已经走掉——
（早已远远地在你们的半途中）；
虽然我瞥见的景象使我兴奋得战栗：
你们背上的衣服。

我们需要你的帮助

快到我们这里来，你们诸缪斯：

对你们的金色殿堂说再见

致天后赫拉

在梦中构成的形象，我的淑女天后赫拉，

最甜美的体形，哦　来到我面前：

她是那阿特雷狄荣誉之王们

恳求和念想的人

在他们的特洛伊屠城结束时。

从门德雷斯涡流的河上出发，

在第一次出航寻家路上

他们受阻

直到他们求你和伟大的

主神宙斯；还有狂暴女神堤俄涅心爱的孩子。

那么我也恳求你淑女：

带我回到过去

我与米蒂利尼岛的少女们

分享纯洁与可爱：

歌唱、舞蹈，曾经我教授她们

在你的那些盛大的日子里。

正如伊利斯国国王阿特柔斯与孪生兄弟

带着你的帮助和你的神圣可爱

驶离特洛伊——那么也帮助我

再一次回家，赫拉

别让这在我身上发生

在暴风雨最猛烈的时候惊恐的水手抛弃
他们的船货并把船搁浅在海滩。

我的天啊！我希望我永远不必去
寒冬之海的任何地方远航，

以至于被强迫从船的峭缘上扔掉我的货物
和家当：何等的羞辱！要么我这样认为

真发生在我身上我所拥有的一切
是掉进了波涛汹涌的大海和海仙女涅瑞伊得斯的
圣歌中……

我梦见爱与美之女神阿芙洛狄忒

一块深红的手帕垂下在

你的双颊，这是

爱奥尼亚人的提莫斯从福凯亚送给你的：

上面满是对你的崇拜和爱慕

那场所在召唤你，爱与美之女神阿芙洛狄忒

从克里特岛到我们这里来——到这神圣的
庙宇：你自己最为愉悦的
苹果小树林和众祭坛
熏香缭绕之地。

这里的地方水自若地滴淌
流过苹果树的枝干，地上满是
成荫的玫瑰，在那花瓣下面颤悠悠的
睡眠慢慢降临。

这里有一片草地，马吃着草；
丰沛之春伴着花，微风
温柔地湿湿地渗过来。

这里塞浦路斯女神还会带来你的
可爱的人儿；开始用金色的

高脚杯激起你的甘露，加入

我们的盛宴

“我梦见与爱与美之女神”

我梦见与爱与美之女神
阿芙洛狄忒说话

我对她说

爱与美之女神阿芙洛狄忒，戴着金冠的

我的淑女，

能否

把那份幸运变为我的

做个纪念

我该贡你
一只白山羊的
肥美烤肉
没错，我应该把它留给你。

终于

你已经来了

你来得真好

我等你等得憔悴。

现在你是我心中的火炬

爱的闪耀——

哦　保重保重再保重：

你回来了……

我们曾经被分开

张开你的双臂

宝贝，我又是你的了：

分开得太久了

我对你的美丽充满敬畏

因为当我面对面看你
觉得美女海伦之女赫尔迈厄尼甚至从来
都不如你，
更像淡发海伦
我必须说你比那辞世的任何一位圣女更像。
你的温柔的美——哦　我应该忏悔——
将我所有的思绪来燔祭它
并且所有对你的感知都充满崇敬

我不能再等

昨天你

来到我家

对我歌唱。

现在我来到你这里。

和我说话。说呀。

在我身上挥霍你的美丽。

因为我们快要举行婚典，

你也知道这些。

请让你的女仆们

离开。哦　也许

天堂就要呈现给我

整个以前不属于我的天堂。

宽慰和振作你自己，年轻的姑娘阿提斯

正因为在萨迪斯我们亲爱的阿那克托利亚
将她的挂念不断传送到这里：

思考我们共同的生活，那时
对她而言你是女神的传人，
你的一切是她爱慕的歌曲。

现在远在吕底亚国的淑女们之上，
像一轮日落时分升起的露一般的月亮——
环指群星

把她的光芒洒落在咸咸的海面
在长满花朵的原野上
躺着可爱的露珠和玫瑰耸起

带花边的雪维菜繁茂地

和着草木樨花——所以她迷失于
一次次回忆起她温柔年轻的姑娘

阿提斯，直到她纤弱的心
悬在她抱有沉重渴望的胸怀；
直到她朝我们呼喊：“过来！”我们

听见它了，装饰了光的花瓣的夜晚用耳朵
捕捉到它，是私语在海上
在所有这一切之间

因此我再也不该见她!

真的，我还是死了好……
她泪流满面地诉说着离开我：

“如此沉重的打击——太伤心了！
萨福，我发誓我离开你
绝对与我的愿望相悖。”
而我回答说：
“走吧，愿你幸福，再见。
记住我——因为你知道我曾多么爱你。

“或者如果你不愿意这么做我将告诉你
你忘了这么多使得我们一起的生活
成为欢乐的事情：

“所有芬芳的紫罗兰的花珠
和玫瑰花蕾编织的花串

被你放在靠我这边的你的头发上。

“所有的花环编挂
在你纤巧的脖子上，
用成百上千种花做成。

“所有的只配王后的
没药香薄薄地
擦在我身边你鲜嫩的肌肤上。

“当躺在最软的床上
从轻柔的女仆之手铺就的床上
没有一个爱奥尼亚人受过如此盛大的招待。

“那里没有一个山岗，
圣地，溪流
只与你我中单独的一人有关。

“也永远也找不到一个
被夜莺密集的歌焦心的
春天的树林
你和我未曾在那里漫步。”

给一位萨迪斯军人的妻子：阿那克托利亚

一个骑兵团，一个纵队的兵，

一排舰艇，是最美好的事物

在这富庶的世间可以领略——这只对某些人而言……可是对于我

只想见我爱的那个人。

没有比这个更容易明白：

海伦，美丽远超出男人选择的所有美女

离弃了男人们中

最好的那位：

欣然起航去了特洛伊；

毫不考虑孩子和慈祥的

父母，只顾用一个遥远的爱

将她自己引向迷途；

（因为女人总是容易屈服

在她屈服于内心欲望的那一刻。)
现在阿那克托利亚在我的脑海中,
离我们这里很远。

她走路的样子,她惹人爱的风度,
她鲜活的面部表情——
我宁愿看她而不是吕底亚战马
也不是闪闪发光的盔甲。

我也知道,我们无法圆满,
然而渴望一份曾经分享过的
对于人来说至少
比我们忘掉它要好

第三辑

交谈

我记得的映像

我曾经看见一位非常温雅
很小的
采着花朵的姑娘

金色的金雀花

沿着海岸成长

“而且成熟的适宜婚嫁的姑娘们佩戴了花冠”

而且成熟的适宜婚嫁的姑娘们佩戴了花冠

“发出声音的姑娘们像蜜糖”

发出声音的姑娘们像蜜糖

“那花冠都是野欧芹”

那花冠都是野欧芹

午时

蟋蟀

从它的羽翼下

弹奏出它轻闪甜美的歌

如同神灵，太阳把自己炽热的溪流

倾泻在世间

带给我欢欣的思绪

我有一位雅致美丽的小姑娘

可爱得像一朵金色的花；

克莱斯，我如此爱慕的人

我不会让别人拿整个吕底亚

也不是莱斯博斯岛（甚至更可爱的）

来交换她

我没错

爱孩子者甚至比夭童女神盖洛
更加有吸血鬼般的热望

“摩西迪卡拥有的身材”

摩西迪卡拥有的身材

比温柔的吉利诺的更加雅致漂亮

给摩西迪卡

迪卡，你应该在你精致的手指上戴上花环
在你美丽的头发里喷洒上草茴香
无疑，就是神佑的格雷西斯的一瞥
只要她饰以花朵，不是比那没戴花环的
更加出众吗?

不过说实话，亲爱的

不能那样，米卡，

我不应该听而不闻：

你不断向彭提洛斯家

提出的请求……

哦，那甜美的声音是什么——

那看不见的蜜蜂声？……

一阵迸发的夜莺的歌唱：

如同滴滴露珠。

你也许会笑但是

勒达，她们说，

曾经发现一枚风情蛋

藏在风信子下

我们去跳舞

那么过来

你，令人愉快的格雷西斯

你，一头辉煌长发的缪斯

是的

我教她教得不错——

那位英雄：

从荒岛加拉

疾奔而来的姑娘

什么

比七弦琴的曲调

更甜美

比金子更加金子一般

比天鹅丝绒更加柔软

比一枚蛋

更白?

爱与美之女神阿芙洛狄忒是说

“……性爱之神厄洛斯，我的奴隶

当然还有你

萨福”

“如此看来我不是那唯一的女人”

如此看来我不是那唯一的女人

幽灵般出没于拉特蒙岗洞穴

“我告诉你，她们对我很慷慨”

我告诉你，她们对我很慷慨，

那紫罗兰编织着的缪斯女神们

“他（她）们用自己作品的礼物”

他（她）们用自己作品的礼物
使我有名

晚星

所有星辰中最宁静的

傍晚的星辰

黄昏星

你把

日光洒到的一切

带回家：

把绵羊群带回家

把那只山羊带回家

把妈妈心爱的人

带回家

我对自己的乐器说

我哑了的玳瑁琴箱啊

变成说话的圣物吧

欲睡的鸽子

头越来越昏

它们的翅膀收起

心变冷

“从 夜 空 穿 过”

从 夜 空 穿 过

我听见春天

仙女微弱的涓流

请

今晚回到我这里，冈吉拉，
你，我的玫瑰，带上你的吕底亚拉雅琴。
欢乐永远在你周围游荡：
那是对美的欲望。

就连你的衣着都劫掠了我的目光。
我被迷惑：我曾经
对塞浦路斯出生的女神抱怨，
现在我向她恳求

这会使我失去优雅
除非重新把你带回给我：
那一位在人类所有的女人中间
我最想见的

第四辑

新婚颂诗

你也是王后

含金的富饶女神赫卡忒们

是爱与美之女神阿芙洛狄忒的宫女

勇士赫克托耳偕妻子安德洛玛刻回家

带着双腿的力量和速度，信使
伊代俄斯宣布这奇妙的消息
（遍及整个亚洲的消息
变成了永远的传奇）：
“赫克托耳和他所有的同伴们
驾船越过咸味浓重的大海，
从神圣的塞柏，普拉提亚平原
带来一位精致的黑眼睛姑娘：安德洛玛刻。
携带着众多的金镯子
一卷卷的紫色织品
装饰以闪闪发光的金片，
还有无数的银杯和象牙雕件。”

当信使告知这一消息，赫克托耳亲爱的父亲
迅速起身将这一消息

以更快的速度转告这座富足城市的他们的朋友们。

于是伊利昂的人们

把车套上他们的骡马，缓缓移动；

所有的女人一起

和脚踝优美的姑娘们

攀上车来——特洛伊王普里阿摩斯争奇斗艳的女儿们。

男人们也已把马套上

战车；每一个年轻人

都在那里：一直到声势浩大的人们

浩浩荡荡地向前移动。

战车的御者们驾起了

他们叮当作响的战马。

这时勇士赫克托耳和安德洛玛刻

像神一样乘着他们的车，

巨大的队伍出发

汹涌的人潮之城

回到伊利昂，

笛声如蜜，拉雅琴和着

响板的嘀嗒声。

哦，姑娘们的高音——

如此圣洁和空旷！

愉悦的回声从天空中提炼出来

使庄严的奥林匹亚发出笑声：

顺着所有街道满是欢乐；

因为杯盏交错碗交错，

每一座圣地，缭绕

肉桂，没药，和乳香。

还有年长的女人们

呼喊着她们欢乐。

男人们唱着光荣的赞歌

向太阳神阿波罗呼啸——

那远啸的神和可爱的竖琴手

为庄严的这一对夫妻大声歌唱：

赫克托耳和安德洛玛刻。

新郎出发我们歌唱

在那里

站立着

那搅拌美味盛着仙食的碗。

书吏之神赫耳墨斯

举起

长柄勺舀给众神。

于是

全体

手持他们的高脚杯斟上贡神酒：

这样

祝愿

新郎吉星高照

“这杯子是金子的”

这杯子是金子的

有一个小把手

我暗自想

你像什么，温柔的新郎，什么？
像一棵嫩树苗，新郎，那种嫩树苗。

我们一路歌唱伴送这对新人回家

高举轭缘，

为婚礼欢呼！

造车匠：举高点再高点，

为婚礼欢呼！

新郎等同于战神阿瑞斯，

为婚礼欢呼！

比任何一个高个子男人还高出很多，

为婚礼欢呼！

与莱斯博斯岛的那位歌手一样高，

为婚礼欢呼！

盖过别处的所有歌手，

为婚礼欢呼！

我们备好了新娘

我们把她裹在最软的薄纱里

“哦　迷人，哦　是个迷人可爱的！”

哦　迷人，哦　是个迷人可爱的！

你的新娘和用玫瑰花装饰脚踝的格雷斯一起玩耍：

你的新娘和金子般的阿芙洛狄忒一起玩耍

“何等美丽的风尚，新娘！”

何等美丽的风尚，新娘！

你眼中充满甜蜜！

你的面庞白皙，洒满爱……

阿芙洛狄忒毫无疑问

选中了你

幸运的

新郎
再也没有
另一位这样的姑娘

“我们可以交托了”

“我们可以交托了。”父亲说。

奖赏

小伙之声：像最后的红苹果

又甜又高。

高如最顶端枝头，

那苹果采摘者错过的——

哦　不，不是错过

是无法够到

奖赏

姑娘之声：像那山中的风信子
牧羊人踩踏的风信子
铺满大地盛开着
紫色的血液

我想

我应该永远做他的处女

“听着，亲爱的”

听着，亲爱的，
对着女神本人我发誓
我（像你一样）
只有一次
童贞可以提供
也不曾害怕
去经历新婚的程序
天后赫拉祝愿我时
将它从我剥离；
所以我鼓励你
并大声宣告：
“我拥有的夜晚绝不
糟糕
我的姑娘
没什么好怕的，
根本不用怕。”

女傧相们的颂歌

所有的少女们，准备好你们自己
在他们的门外彻夜歌唱：
歌颂你们的爱，歌颂新郎，为你们的
穿着她紫罗兰裙的新娘。

同样激励你们自己，姑娘们，赶快行动去接取
那未婚的男人，像你们自己一样年轻的男人。
让我们大家今晚领略同等的睡眠
领略有里拉琴声的鸟儿——夜莺。

我们在卧房外面歌唱

过来，充溢着
爱的玫瑰的新娘，
装饰着
宝石的新娘，
可爱的帕福斯女神：

走，新娘，
到那床上
在那里你将和你的新郎
香郁而轻慢地玩耍：

那么，新娘，
赫斯珀瑞斯领你到
那幸福进行的
傍晚的星星中——
在那里你会惊奇，

在那里天后赫拉在银具上

安坐婚嫁的女神

我们在门外喊叫

门卫的双脚

长七寻：

他的凉鞋是以

双倍于五位鞋匠，耗费五张牛皮

制成的！

我为何悲伤?

是因为我仍然在想
我失去的童贞?

干得好！

最幸福的新郎
因为它已完成：
你寻求的结合，
你要的新娘

“现在去睡吧”

现在去睡吧

在你甜心的乳房上

我们通过钥匙孔呼喊

干三杯为新娘！

好啊！你这精神蓬勃的新郎！

他筋疲力尽，加之

夜晚黑色的恍惚
淹没了他们的眼睛

哦！

童贞！童贞！你把我留在哪里？

永远没了，新娘！永远成为过去！

而现在

让我们走吧亲爱的姑娘们

我们的颂歌已结束，

因为天快亮了

第五辑

不说闲话绷紧的舌头

过你自己的生活

至于吹毛求疵者——

让轻率的意见和坏话将他扫去！

我的好友高葛

经历的无疆福寿

成众多列王之独女！

我俩之间

我们完全受够了高葛

虽然

我完全不是那种怀恨在心的人
只是有孩子般的心灵

那么

爱人，总是松开肢体，搅惹我：

无法抵挡，苦乐参半的小恶魔。

可是，阿提斯，你变得厌恶我

（甚至一丁点儿的我）

而像鸟儿一样投向安德罗米达

安德罗米达！

她燃起了你的奇思？

那个女呆子

甚至没有

在她双踝之上

撩起她的裙缘的诀窍

那就走吧

对我来说，你什么也不是！

谁要

爱：
那个纺线的
呈上痛苦的礼物？

虽然他们说

爱能把一个粗鄙的人变为诗人

这让你睁大眼睛

看见飞燕草清晰得惊艳

像伊阿宋的斗篷

混杂而斑驳

就连那时

我曾爱你，阿提斯，很久以前
我仍然是盛开如花的少女……而你
我想是一个又小又丑的女孩

我看见爱

从天堂降落

甩掉他紫色的披风

我是想被刺，所以

留着你的蜜蜂

留着你的蜜

于是爱与美之女神阿芙洛狄忒说

一切都没有失去
当她把你忘记
逃到埃塞俄比亚公主安德罗米达那里。
哦　萨福，你谁都不信任！
我太有理由责骂你：
因为你应该记着
无论我在哪里我都爱着你
一如既往会从远方回来：
从帕福斯，巴勒莫或塞浦路斯——
那里我是女王是人类的
强大力量，也是你的：
如太阳的光芒一样的力量
用光荣照亮世界。
所以记住即使在阴间
我，爱的释怀者，
也能驱散阴郁……
是，我能与你在一起。

我很高兴说出来

安德罗米达公主得到了相当好的回报

指责

（诗人阿乐凯奥斯对萨福）

戴着紫罗兰，贞洁的，甜蜜微笑着的萨福，

我有话对你说但是——呃啊！——我羞于启齿。

（萨福对阿乐凯奥斯）

你要是善良正直，先生，

你的舌头就不会编造作孽的是非，

你的双眼就不会充斥着无耻，先生，

只是像一个诚实的人说你要说的。

箴言

公平自在，年轻人，不仅仅是给人看。

善也是公平的，有时只是一步步到来。

瞧，你美好的青春

站起来面对我

朋友对朋友

向我显现

你双眼之中的魅力

不！这样不行

如果你喜爱我选择较自己年轻的
伴侣和你一起吃住：
我不能忍受这样的爱，一个年长的
女人同一个较自己年轻的老爷

瘦八月

节欲四个月——

美少年阿多尼斯难以自制!

拥有它们两者

财产离开价值
不是一个好伙伴；
将两者加在一起
你就到达了财富的顶端

不要诋毁它

金子是宙斯之子

金子不生锈

没有蠕虫也没有甲虫的咬食

金子

它能击败

最强大的人类才智

然而，为你全部的财产

死了你会躺在那里，女人，没人会注意你：
从此以后没有人回忆你
没有分享到皮埃里亚玫瑰的你
衰灭在死神地窖里，
那里甚至昏暗模糊，
你将在无名的死亡中掠来掠去

“忘掉——”

忘掉——

给皮埃里亚古缪斯们的

讨厌的不适宜的话

流放中

哦　和平！

至今我从未发现你如此彻底地无聊

在她们下崽之前

勒托和尼俄柏
是最亲的亲信

一件漂亮东西

需要你

为一枚戒指

如此骄傲吗？

你的头发什么也不需要，我的姑娘

我母亲会说当她年轻时
没有什么可以加配在环起头发的

深红发带上——并非拒绝——
只是一个有着激情瀑布般头发的姑娘

没有什么比戴上花冠更好……
总之，克莱斯，现在我没有一件东西

像萨迪斯的灿烂头饰
也丝毫没有这样的念头到哪里

(和在克里那克斯部族控制的镇子)
能找到华丽的发带……

当然我们密塔来巷铺子残留的
都已烂掉

我的确为兄长卡拉克索斯祈祷

金色的海仙女涅瑞伊得斯，请允许我的哥哥安全地
回到这里；请允许所有他心中的渴望都能
充分地达成。

并且，允许他先前的罪责全部被
赎清；他变成了我们（他亲爱的人们）的
快乐、敌人们的痛苦——而非
我们中任何一位的。哦

让他去荣耀他的妹妹。让我
不要记着那些他试图伤害我的
苦涩的话语——哦，我的责难惹生了积怨——
在他离开之前。

啊，在他终于回到这里的时候，
让他从飘忽不定的生活中与他放纵的伙伴了断。

之后如果他真的要，领给他一位正派的姑娘

并体面地与她结婚。

那好吧，兄长卡拉克索斯

如果你一定要为伟大的步骤折腾
不是高贵和真诚，和你所有的朋友
说再见，得意忘形地，
你使我痛心还说

我只是讨厌的东西——好吧，彻彻底底
享受你的作为；我可没那么软心肠
去在意你幼稚的怒气。

别犯错，这点小伎俩怎能盖过一个
根据事实推测的老手，她了解
你过去是个无赖
和现在她正面对的。

还是听从意见改邪归正为好，因为我知道
我很好相处，所以天使
在我这边。

吹牛者

战神阿瑞斯，理所当然地，

说他纯粹用武力就能

把锻造之神赫菲斯托斯

拖走

他们说

没人能数清

你喝干了多少酒杯

我希望交际花多莉查吸取教训

塞浦路斯爱与美之女神，让她察觉

就连你都已变得有一点不受欢迎

现在人们在讥笑：

“我的，如此卓越的迷情

是多莉查的次等品。”

我不该提及那人，卡拉克索斯

和她一起你被锁在了浪荡的爱情中，
你想，她的美丽
是公共财产

“哦　没错，所有这些对我都很简单”

哦　没错，所有这些对我都很简单。

哦，如果谁能

当狂怒时在内心爆发

锁住毫无价值咆哮的舌头

海滩的味道？

不要在这些卵石中探拨

第六辑

记忆、道别和其他

“是这样”

是这样
他们给了我实实在在的成就
就是这金色的缪斯女神们
我一旦死去
将不会被遗忘

“很多人被遗忘愚弄”

很多人被遗忘愚弄
但好好想想
绝非这样：
接着，我说，
我理所当然地
将被一些人记住

她们要走

我对她们说，甜美的女人们

一直到你老

你们将如何总是记住

辉煌的青春岁月

那些我们一起做过的事

因为，当时我们所做的很多事情

天真和美好

而现在你们从这里离开

我心都碎了

我爱这样

当克里特岛姑娘们的柔足
和着曲子围绕某个私密的神龛跳舞
踏着草地柔滑茂盛的嫩芽

“圆满明亮的月亮升起”

圆满明亮的月亮升起

照着祭坛周围聚集的姑娘

我记得

我们的那一夜。

哦，我可以告诉你

我当时乞求那次能加倍

我仍然感受亲历：这

……激情，是这样

……绝对地

……我能。

……我该这样

……对着一张脸

……光芒反射给我

……美丽

……永不泯灭

你是否记得那封曾经寄给我的早晨的信

“萨福，我发誓你如果不出来我会恨你！
起床吧为了我们大家的爱，把你
美丽的活力从床上抖落；美如
清晨池旁的百合从希俄斯岛
滑落你的睡袍，沐在水中；女儿珂雷丝
会帮你从木箱中取出你的鸢尾红花袍
和你的尊紫色衣裙，把你周身裹起浴衣，
头发围扎上片片盛开的花作你的冠冕。
过来，心爱的人，所有这些你的美
使我疯狂！我该叫帕克西娜姑娘烤一些栗子，
我应该为姑娘们准备更加丰盛的早餐。
众神之一我亲爱的乖宝宝已保佑我们。
今天是萨福——最可爱的淑女——允诺
把自己带回米蒂利尼（最友好之城）的日子
——和我们一起回去，那里

一位母亲在她自己的孩子中间。”……亲爱的姑娘阿提斯，
哦，告诉我，你难道忘记了很多年前所发生的一切？
你是不是还记得？

我曾经大声喊叫

长寿健康——为我——

没有皱纹，孩子们……青春！

“哈，如果我的乳房仍能让人吸吮”

哈，如果我的乳房仍能让人吸吮
我的子宫仍能怀孕孩子，我会
毫不犹豫迅速再到一位
新郎那里和他的床上！

现在数不清的皱纹随着年龄
布满我的肉身，爱情
的确不扑向我、追逐我，不再给我
他的美丽的疼痛

内心的呼唤

姑娘们的声音：他快死了，爱之女神库塞西拉，快死了，

那脆弱的小白脸阿多尼斯。

我们怎么办？

小伙们的声音：哦　击捣你们的乳房，年轻的姑娘们，

撕碎你们的衣裙

我曾经确实会大叫

妈妈，亲爱的，我不能照看我的织布机

爱之女神阿芙洛狄忒应该负责：

我几乎要死了

为了渴望爱一位小伙子

而在这个季节

为什么雅典王潘迪恩之女
被变成这高飞的燕子
来戏弄我?

我瘫软如

一块潮湿的破抹布

我曾经

照料生于塞浦路斯的

诡计多端的爱与美之女神阿芙洛狄忒

让我们别假装

别，孩子们，别迷惑我。

当你们说“亲爱的萨福我们将

冠你，激发共鸣的演奏者

以弹奏清晰甜美拉雅琴的冠军之冕……”

你们嘲弄了缪斯们的美好礼物，

你们没有看见我的变化吗?

我的皮肤已变老，

我的黑发也变白，

我的双腿几乎不能支撑

自己，她曾经去跳比小鹿更轻巧的舞蹈

（生灵中最轻巧的）?

不，没有人能补救它；不让美离去，

我无法做到这个。

上帝自己也无法做到那些不能被做到的。

这就是年龄追赶

任何活物。

就连玫瑰武装的厄俄斯，这位黎明女神

引领早晨去向大地的尽头，

也不能将她的爱人永恒的提托诺斯王子

从衰老的攫取中解救出来。

我也是，知道我必然日渐衰弱。

那么对于我——听好了——

我的快乐是这优雅。

没错，对于我，

魅力，阳光，爱

是一个整体。

所以我不应该在黑暗中

窝囊地死去：

我应该继续和你生活在一起，

爱和被爱。

相信我

死是罪恶：

众神这样认为

不然，要死的话——

哦　早就死了！

放心吧

对于个个漂亮的你们

我的这个想法

永远不会改

“只要你愿意”

只要你愿意

塑像底座上的话

“只是一个女婴，还不会说话，
可以问我，我会用来自大地的声音
告诉你：‘给月亮女神炽热的
埃塞俄比亚的礼物，宙斯之妻勒托的孩子，
来自亚里斯多，赫莫克莱忒
（颂娜达之子）的女儿，你的女主持，
哦　淑女中的主人！仁慈地感激我们，
赐予我们家族名望。’”

我们和这些骨灰瓮上的话一起送她回家

“这是不幸的小缇玛丝的骨灰
死在她婚嫁之前
冥后珀耳塞福涅把她带到阴森的房间：
为了那些离家如此遥远的逝去
所有她脆弱的同伴们用锋利的新刀片
从她们的头上剪下
可爱的头发”

“诸神中，只有冥王”

诸神中，只有冥王
不会允许任何形式的
美好愿望。

我在海边的墓碑上看到

“致钓者福基斯国王皮腊基恩

他的父亲残月

把这副鱼篓和划桨

放妥

在艰辛一生的记忆之中”

我想念阿喀琉斯勇士

他最终躺在

黑色的泥土中

在他的困境的结尾。

哦　痛苦的是被迫从迈锡尼王

阿特柔斯的孩子们身边经过！

“善解人意的诸神让人掉泪”

善解人意的诸神让人掉泪

看来死亡在召唤

冈吉拉讲："……你不能肯定——
要么你的双眼已经看到征兆了？""它们看到了，"
我说，"信使之神赫耳墨斯来到梦中。
'主人，'我说，'我迷失了。
以神圣婚姻女神赫拉的名义，我发誓
我再也不在乎
成功与否。
我希望
我可以死……我希望，
我能看见那露水
在阴间的莲花堤岸。'"

那么幸运神赫耳墨斯回复说

可是伟大的荣誉

会加在你的身上

在太阳神之子法厄同照耀的每一个地方——

即使在那阴间的

廊道厅堂

不过，好女儿珂雷丝

这哀悼的声音并不适宜于
一座侍奉的缪斯女神的房子：
这里不需要它们

生命流逝

月亮已经消失

星辰逝去

在夜的死寂中

时光流逝

我独卧

“天堂的山峰”

天堂的山峰

正在降下

“姑娘们，你们要为香胸缪斯的可爱礼物”

姑娘们，你们要为香胸缪斯的可爱礼物
而充满热情，同样为这清脆悦耳的七弦琴声：
可是我那曾经娇嫩的身躯现已
衰老；我的头发由黑变白了；
我的心情变得沉重了，我的膝盖也将支撑不住我，
曾经如小鹿一般敏捷地跳舞。
我常常哀叹这种状态；但是该怎么办呢？
长生不老，作为人，这是不可能的。
传说提托诺斯曾经，于玫瑰武装的黎明，
被爱情冲昏了头脑，被带到世界的尽头，
那时他英俊而年轻，然而灰色的年龄
降临，他却成了不朽之妻的丈夫。